카메라와
워커

소설의
첫 만남 08

카메라와 워커

초판 1쇄 발행 | 2024년 1월 19일
초판 3쇄 발행 | 2024년 6월 20일

지은이 | 박완서
그린이 | 이인아
펴낸이 | 염종선
책임편집 | 김준성
펴낸곳 | (주)창비
등록 | 1986년 8월 5일 제85호
주소 | 10881 경기도 파주시 회동길 184
전화 | 031-955-3333
팩스 | 영업 031-955-3399 편집 031-955-3400
홈페이지 | www.changbi.com
전자우편 | ya@changbi.com

박완서 소설 ― 이인아 그림

카메라와
워커

창비

나에게는 조카가 하나 있다. 가끔 나는 내가 내 아이들보다 조카를 더 사랑하고 있는 게 아닌가 하고 생각할 때마다 조카가 생후 사 개월, 내가 스무 살 때 겪은 6·25 사변을 생각 안 할 수 없다. 그때 며칠 건너로 오빠와 올케가 차례로 참혹한 죽음을 당하자 어머니와 나는 어린 조카를 키울 일이 도무지 막막하기만 했다. 우유는 고사하고 밥물이라도 끓일 몇 줌의 흰쌀을 구할 주변머리도 경황도 없었다. 어머니는 푸성귀하고 보리하고 끓인 멀건 국물을 아기 입에 퍼 넣었다. 설탕도 못 넣은 이런 국물을 아기는 도리질하며 내뱉고 밤새도록 목이 쉬게 울었다. 어머니는 쯧쯧 불쌍한 거 할미 젖이라도 빨아 보렴 하며 자기의 앞가슴을 헤쳤다. 담벼락 같은 가슴에 곧 떨어져 버릴 병든 조그만 열매처럼 매달린 젖꼭지를 아기는 역시 도리질로 거부했다. 아기는 젖꼭지를 물어도 보기 전에 조그만 손으로 가슴을 더듬어만 보고도 알았던 것이다. 결코 젖줄을 간직한 가슴이 아니란 것을.

"늙은이 젖도 자주 빨면 젖이 나온다던데."

어머니는 아기가 젖을 물기만 하면 자기 젖에서 당장 젖이 펑펑 쏟아질 텐데, 아기가 안 빨아서 아기 배가 곯는 양 안타까워하다가 드디어는 아기의 엉덩이를 두들기기 시작했다. 토실한 엉덩이에 어머니의 손가락 자국이 선명히 솟아오르고 아기는 목이 쉬어서 차마 들을 수 없는 이상한 소리를 내면서, 울음을 토했다 숨이 깔딱 막혔다 했다.

그때 나는 별안간 내 가슴에 퍼진 실핏줄들이 찌릿찌릿하면서 뿌듯해지는 걸 느꼈다. 아니, 실핏줄이 아니라 바로 젖줄이다. 나는 그렇게 확신했다.

나는 올케가 해산하고 나서 아기에게 젖을 주려고 처음으로 사람들 앞에서 헤친 가슴의 잔뜩 분탐스럽고 단단한 젖보다 훨씬 더 아름답고도 풍만한 젖가슴을 갖고 있었다. 이 젖이 돌기 시작하고 있다고 나는 확신했다.

젖이 돌 때는 가슴이 찌릿찌릿하면서 뿌듯해진

다는 건 올케한테 들은 소린데 그것까지 똑같지 않나.

나는 어머니로부터 아기를 거칠게 빼앗아 안았다. 그리고 서슴지 않고 앞가슴을 헤쳤다. 아기의 손이 내 살찐 젖무덤을 더듬더니 이내 울음을 뚝 그치고 다급하게 "흐응, 흐응." 하며 허겁지겁 온 얼굴로 내 가슴을 파고들었다.

그러나 내 젖꼭지가 채 아기의 마른 입술에 닿기도 전에 어머니의 거친 손에 나는 아기를 빼앗기고 말았다. 어머니의 얼굴은 딸의 간음 현장이라도 목격한 것처럼 분노와 수치로 핏기마저 가셔 있었다.

"세상에, 망측해라. 처녀 애가, 없는 일이다. 암 없는 일이고말고."

아기는 코언저리가 새파랗게 질려 사색이 돌 만

큼 자지러지게 울기 시작했지만 목이 잠겨 늙은이 가래 끓는 소리같이 기분 나쁜 소리가 끊겼다 이어 졌다 했다.

나는 아기의 이런 울음소리를 듣자 느닷없이 가슴에서 젖줄이 넘쳐, 정말로 펑펑 넘쳐 옷섶을 흥건히 적시고 있는 것처럼 느끼며 이런 풍요한 젖줄과 목마른 아기를 굳이 떼어 놓는 어머니에게 격렬한 적의마저 품었다.

그런 일은 오빠와 올케의 죽음이 정리되기도 전, 그러니까 상중의 일이었으니 상중의 일치곤 그리 대단한 일은 아닐지도 모른다. 난리 중에 벼락 맞듯 두 참사를 한꺼번에 당한 집안 사정이 오죽했으며, 그런 일을 당하기까지의 사연인들 오죽했을까만, 나는 유독 조카의 목마름, 배고픔의 광경만을 딴 일과 뚝 떼어서 밑도 끝도 없이 선명하게 기억한다.

설사 난리 중이 아닌 평화 시라도 졸지에 엄마를 잃은 아기는 당분간은 배고프고 내팽개쳐지는 게 스스로가 타고난 박복이 아니겠는가. 그런데도 그때의 그 일이 차마 못 할 짓의 기억으로 아직도 생생하니 아프다.

그것은 아마 젖줄이 솟은 것 같은 신기한 기억 때문일 것이다. 그때 내가 젖을 물릴 수 있었다손 치더라도 젖이 나왔을 리 없다는 걸 그 후 나도 알긴 알게 되었다. 그렇지만 그때 가슴이 찌릿찌릿하니 뿌듯하게 옷섶을 적시며 넘치던 게 전연 아무 것도 아니었다고는 도저히 생각할 수 없다. 조카에 대한 고모 이상의 것, 이를테면 모성이 아니었던가

싶다.

그 후 아기는 푸성귀하고 보리하고 끓인 푸르죽죽한 국물도 잘 받아먹게 되었다. 때로는 그것보다는 좀 나은 아기의 먹을 것을 장만할 수 있을 때도 있었다. 그러나 나는 자주자주 어쩔 줄을 몰라 했다. 딱딱한 놋숟갈을 착살맞도록* 쪽쪽 핥는 아기의 부드러운 입술에 젖을 물리고 싶다는 생각과 처녀가 젖을 빨린다는 건 아주 망측한 일이란 생각 사이에 억눌려서 어쩔 줄을 몰랐던 것이다.

그 후 수복*이 되고, 나는 미군 부대 하우스 걸*

● **착살맞다** 하는 짓이나 말 따위가 얄밉게 잘고 좀스럽다.
● **수복** 잃었던 땅이나 권리 따위를 되찾음. 여기서는 6·25 전쟁 때 국제 연합군이 북한군에게서 서울을 되찾은 것을 가리킴.
● **하우스 걸** 6·25 전쟁 때, 미군 부대에서 잔심부름이나 허드렛일을 하는 소녀를 이르던 말.

같은 걸 하면서 아기에게 우유를 먹일 수 있었고 놋숟갈 대신 고무젖꼭지를 물릴 수 있었다. 피난을 다니면서도 아기에겐 미제 우유를 먹일 수 있었다. 나는 자유를 위해 피난을 가는 게 아니라 돈만 있으면 우유를 살 수 있는 세상을 따라 남으로 움직였다.

조카는 잔병치레 하나 안 하고 잘 컸다. 천덕꾸러기란 다 그렇게 크게 마련이라고 어머니는 말했지만 나는 그 말이 듣기 싫었다. 어머니라고 당신 앞에 남겨진 이 집 대를 이을 단 하나의 핏줄인 손자가 소중하지 않을 리야 없겠지만 난 지 백날 만에 애비 에미를 잡아먹은 ─ 어머니는 이런 끔찍스러운 말을 썼다 ─ 손자를 가끔가끔 불길스러운 듯 구박을 했다. 아아, 어머니는 왜 이 조그만 아기의 팔자 따위가 그 6·25 사변같이 엄청나게 큰 불길스러운 일을 일으킬 수 있다고 생각한 것일까.

조카는 말을 배우면서 아줌마 소리를 제일 먼저 했지만 아기들 말이 으레 그렇듯이 발음이 정확지 않아 "아윰마", 조금 응석을 부리면 "암마"로 들렸다. 어머니는 그걸 몹시 싫어해서 "아줌마" 대신 "고모"라는 말을 가르치기 시작했다. 잘못해서 아윰마 소리가 나오면 엉덩이를 맞아야 했다. 어머니는 "이 경을 칠 녀석, 또다시 그런 소릴 할련 안 할련." 하며 엉덩이를 모질게 찰싹찰싹 때렸다.

그리고 나한테는 조카를 너무 귀여워하는 게 아니라고 했다. 모르는 사람이 보면 꼭 모자지간같이 보인다는 거였다. 실제로 누구도 그리고 아무개도 그러는데, "따님하고 외손주하고 사시는구만,

사위는 군인 나갔수? 납치당했수?" 하더라는 거였다. 그만큼 그 시절엔 집에 장정 남자 식구가 없는 건 조금도 이상스럽지 않았다.

그러다가 혼인길 막히는 거 아닌지 모르겠다고 어머니는 근심했다. 조카는 최초의 말 "암마" 소리를 엉덩이를 맞아 가며 부정당하고부터는 말 없는 아이로 자랐다. 그리고 나는 혼인길이 트이어 시집을 갔다. 마치 자식을 떼어 놓고 개가해 가는 과부처럼 청승맞은 기분으로 죄의식조차 느끼며 시집을 갔다. 부부만의 단출한 살림이고 보니 친정 출입이 잦았다.

방마다 세를 들인 커다란 낡은 집 안방의 옴두꺼비 같은 구식 세간들 사이에서 할머니하고 단둘이 살아야 하는 어린 조카가 문득 불쌍한 생각이

나면 곧장 달려가곤 했다. 새로 난 장난감도 사 가고 주전부리할 것도 사 가지고 가서 한바탕 유쾌하게 수선을 떨다 왔다. 이런 나를 어머니는 시집을 가도 하나도 철이 안 난 주책바가지라고 나무라며 못마땅해하고, 사위에겐 미안쩍어하기도 했지만, 나는 그게 아니었다. 나는 친정집의 곰팡내 나는 음습한 분위기로 해서 조카의 동심에까지 곰팡이가 슬까 봐 내가 햇빛이고자 바람이고자 그렇게 하는 거였다. 실제로 나를 맞는 조카의 얼굴은 음지가 양지로 변하는 것처럼 환하게 변했다.

나도 첫아기를 낳게 되었다. 꼭 둘째 아기를 낳은 기분이었다. 둘째 아기를 낳는 엄마라면 누구나 하는 근심, 아우에게 사랑을 빼앗긴 맏이의 상처받은 동심을 어떻게 위무할 것인가 하는 근심과 똑같은 근심을 나는 내 조카 때문에 했으니 말이다.

내 첫애는 딸이었고, 나는 내 딸이 엄마 아빠 소리보다 오빠 소리를 먼저 할 만큼 따로 사는 친정 조카를 우리 식구처럼, 식구라도 상식구처럼 키우는 데 지나칠 만큼 신경을 썼다. 남편이 딸애를 주려고 과자를 사 와도 "이건 오빠 거." 하며 우선 몇 개 집어 두었고, 신발을 한 켤레 사려도 "이건 오빠 거, 이건 혜란이 거." 매사를 이런 식으로 했다.

마침내 조카가 국민학교*에 들어가게 됐다. 나는 꼭 첫애를 국민학교에 보내게 된 젊은 엄마처럼 흥분해서 어쩔 줄을 몰랐다. 매일 딸을 데리고 따라가서 "혜란아, 오빠 찾아내 봐, 조오기, 조오기

● **국민학교** '초등학교'의 전 용어.

있지. 우리 혜란이 오빠가 제일 잘하네. 노래도 제일 잘하고 유희도 제일 잘하고, 그치 혜란아." 하며 수선을 떨었다.

그러나 고모는 고모지 아무려면 엄마만 할 수야 있겠는가. 나는 지금도 조카의 첫 소풍날을 잊을 수 없다. 그때도 국민학교 일 학년 첫 소풍은 창경원*이었다.

어머니는 아침부터 줄창 조카를 따라다니기로 하고 나는 점심을 싸 가지고 나중에 가서 창경원 속에서 만나기로 했다. 만나는 장소는 연못가로 하여 행여 어긋나는 일이 있을까 봐 나는 용의주도하게 남편이 결혼 전에 차던 손목시계까지 어머니 손

● **창경원** 일제 강점기에, 창경궁 안에 동·식물원을 만들면서 불렀던 이름. 1983년에 다시 '창경궁'으로 고침.

목에 채워 드렸다. 그러고도 나는 어머니가 못 미더워 골백번도 더 "열한 시 정각에, 연못가." 소리를 했더랬다. 그런 내가 한 시간이나 더 늦게 가고 말았다. 도시락도 요리책을 봐 가며 좀 멋을 부려 봤지만, 내 모양을 내는 데 분수없이 시간을 잡아먹었다. 미장원에 가서 머리도 새로 했고, 화장도 정성 들여 했고, 옷도 거울 앞에서 몇 번을 갈아입어 봤는지 모른다. 그때만 해도 내 용모에 어느 만큼은 자신이 있을 때라 나는 군계일학처럼 딴 엄마들 사이에서 뛰어나길 바랐었다. 그래서 조카까지가 그런 우월감으로 엄마 대신 고모라는 서운함을 메울 수 있기를 바랐었다. 그러다가 그만 한 시간이나 지각을 하고 만 것이다.

어머니는 미련하게도 그 한 시간 동안을 줄창

연못가에서 나만 기다리느라 정작 아이들이 해산하는 것도 모르고 있었다. 부랴부랴 어머니를 몰아세워 아이들이 집합해서 단체 놀이를 벌이던 곳으로 갔으나 아이들은 이미 뿔뿔이 헤어져 가족들과 점심을 먹고 있었다. 거의 한 시간이나 넘어 창경원 안을 미친 듯이 헤맨 끝에 조카를 만났다. 조카는 그때까지 국민학교 일 학년생으로서의 체면

상 가까스로 참았던 울음을 내 치마폭에 얼굴을 묻자마자 서럽게 터뜨렸다. 철들고 나서 그렇게 몹시 운 것은 처음이어서 나는 당황했다. "고모가 나쁘다, 나쁜 년이다." 나는 정말 내가 나를 때리는 시늉까지 해 가며 달래다 못해 같이 울어 버리고 말았다.

점심시간은 엉망일 수밖에 없었다. 워낙 몹시운 끝이라 울음을 그치고 나서도 흑흑 느끼느라 김밥 하나를 제대로 못 넘겼다. 내 조그만 허영이 불쌍한 조카의 일 학년 첫 소풍의 추억을 이렇게 슬프게 얼룩 지워 놓고 만 것이다.

내가 그 애의 엄마라면 뭣 하러 그런 허영을 부렸겠는가. 내가 내 아이들보다 조카를 더 사랑한다는 느낌에는 그런 허영과도 공통된 과장과 허위가 있음 직도 하다.

조카는 자랄수록 죽은 오빠를 닮아 갔다. 아들이 애비 닮은 것은 당연한데도 어머니와 나는 그게 못마땅하고 꺼림칙했다. 외모가 닮은 건 어쩔 수 없다손 치더라도 말이 없는 것까지 닮은 걸 보면 속까지 닮았을까 봐 그게 제일 걱정이었다.

오빠는 늘 침울한 편이었고 너무 말이 없었다. 그래도 가끔 친구들과 어울릴 때면 도맡아 떠들어 댔던 것으로 미루어, 본래의 성품이 그랬던 게 아니라 집안 식구와 공통의 화제가 없었더랬는 게 아닌가 싶다. 집안 여자들이 흥미 있어 하는 살림 걱정, 살림 재미, 친척의 소문, 계절의 변화 등에 오빠는 도무지 무관했다. 오빠는 일제 말기에 전문학교까지 나온 주제에 해방되고도 직장이라곤 가져 본

적이 없다. 나는 이런 오빠를 막연히 빨갱이라고 생각했었다. 오빠 방의 책이 맨 그런 책이었고, 친구들과 떠드는 소리를 엿들어 봐도 누가 들으면 큰일 날 불온한 소리였기 때문이다.

나는 어머니에게 오빠가 빨갱이일 거라고 일러바쳐 어머니를 전전긍긍하게 했다. 어머니는 서둘러서 오빠를 장가들였다. 외아들이니 빨리 손을 봐야겠기도 했지만, 처자식이 생기면 자연히 책임이란 것을 의식하게 될 테고 그러면 위험한 짓도 삼가게 되려니와 직업도 갖게 될지도 모른다는 게 어머니의 속셈이었다.

오빠는 순순히 장가를 들어 주었고, 이내 첫아기를 본 게 또 아들이어서 제법 푸짐하게 백날 잔치까지 하고 나서 며칠 만에 6·25가 터졌다. 나는 속으로 이제야말로 오빠가 활개 칠 세상이 왔나 보다고 생각했다. 처음엔 내 추측이 들어맞는 것 같았다. 불안한 만큼 생기가 나서 뻔질나게 외출을 했다. 그러다가 다시 침울해지더니 바깥출입을 끊고 들어앉았다가 친한 친구한테 반강제로 끌려 나간 후 죽어서 돌아왔다. 그 후 올케까지 친정으로 쌀을 얻으러 가다 폭사를 해, 내 조카는 그만 고아가 되고 만 것이다.

그래서 우리 모녀는 지금까지도 오빠가 빨갱이였는지, 흰둥이였는지, 아예 그런 사상 문제엔 집안일에 관심이 없었던 것처럼 관심도 없었는지, 그것조차 분명히 알고 있지를 못하다. 다만 어머니는 아들 치다꺼리만 했지 한 번도 아들이 벌어 오는 밥을 못 얻어 잡숴 본 게 가슴 깊이 맺힌 한이어서 아무쪼록 오래 사셔서 하루라도 손자가 벌어 오는 밥을 얻어 잡숴 보는 게 소원이시다. 손자가 좋은 학교 나와서 착실한 직장을 가지고 결혼해서 일요일이면 처자식 데리고 카메라 메고 놀러 나가고 당신은 집을 봐 주는 게 평생소원이시다.

카메라 메고 공일날● 야외에 나갈 만큼의 출세랄까 안정이랄까 그게 어머니가 훈이에게 바라는 전부였고, 나도 어머니가 노후에 카메라 메고 야외에 나간 손자 내외의 집을 봐 주는 정도의 행복은 누리게 하고 싶었다.

훈이가 고등학교 이 학년이 되자 반을 문과 이과로 나누게 되었고, 훈이가 나한테는 아무 상의도

● **공일날** 쉬는 날.

안 하고 문과를 택한 걸 나는 나중에야 알았다. 나는 우선 그런 문제를 나한테는 상의 한마디 안 한 게 서운했고, 어머니는 어머니대로 오빠가 전문학교에서 문과였다는 것만으로 덮어놓고 문과를 싫어했다. 그래도 나는 훈이 편이 되어 고등학교 문과가 반드시 장래 문학 지망을 의미하지는 않는다고 어머니를 설득하려 했지만 어머니는 지레 겁을 먹고 있었다. 어머니는 오빠가 평생 사회에 참여해서 돈 한 푼 벌어들인 일이 없는 주제에 까닭 없이 죽어야 하는 일엔 끼어들고 말았다는 사실이 문과 출신이라는 것과 반드시 무슨 상관이 있다고 믿고 있었기 때문이다.

나는 그럴 리가 없다고 어머니를 위로하면서도 속으론 어머니 생각에 동조하고 있었으므로 더 늦기 전에 일을 바로잡아 보리라 마음먹었다. 나는 학교에 쫓아가서 담임 선생님에게 애걸하다시피 해서 훈이가 문과에서 이과로 전과를 할 수 있도록 했다. 그러고 나서 훈이를 설득하려 들었다. 나는 막연히 훈이를 두려워하면서 중언부언 내 말을 했고, 훈이는 언제나처럼 말없이 젊은이다운 대담한 시선으로 나를 쏘아보았다.

"훈아, 너희 담임 선생님이 그러시는데 너는 인문계보다는 이공계가 더 적성에 맞는대. 좀 좋아. 공대 같은 데 가면 요새 공장이 많이 생겨서 공대 출신이 제일 잘 팔린단다더라. 넌 큰 기업체에 취직해서 착실하게 일해서 돈도 모으고 연애도 하고 결혼도 해서 살림 재미도 보고 재산도 늘리고, 그러고 살아야 돼. 문과 가서 뭐 하겠니? 그야 상대나

법대로도 풀릴 수 있지만 그게 그리 쉬우냐, 까딱하단 문학이나 철학이나 하기가 꼭 알맞지. 아서라 아서. 사람이 어떡허면 편하고 재미나게 사느냐를 생각하지 않고, 사람은 왜 사나, 뭐 이런 게지. 돈을 어떡허면 많이 벌 수 있나는 생각보다 돈은 왜 버나 뭐 이런 생각 말이야. 그리고 오늘 고깃국을 먹었으면 내일은 갈비찜을 먹을 궁리를 하는 게 순선데, 내 이웃은 우거짓국도 못 먹었는데 나만 고깃국을 먹은 게 아닌가 하고 이미 배 속에 든 고깃국조차 의심하는 바보짓 말이다. 이렇게 자꾸 생각이 빗나가기 시작하면 영 사람 버리고 마는 거야. 어떡허든 너는 이 사회에 순응해서 이득을 보는 사람이 돼야지 괜히 사회의 병폐란 병폐는 도맡아 허풍을 떨면서 앓는 소리를 내는 사람이 될 건 없잖아."

"고모, 아버지가 그런 사람이었나요?"

훈이가 내 말의 중턱을 자르며 푸듯이 말했다. 나는 당황했다. 훈이가 아버지에 대해 뭘 물어본 게 이번이 처음이라 그렇기도 했지만, 내가 오빠에 대해 오랫동안 몰래 추측하고 있던 걸 훈이한테 느닷없이 들키고 만 것 같아 더 그랬다.

나는 아니라고 강하게 부인하고 다시 아까 한 소리를 간곡하게 되풀이했다. 내 말에 감동했는지 귀찮아서 그랬는지 아무튼 훈이는 내가 옮겨 준 대로 이과에 잘 다녔다. 그러나 형편없이 성적은 떨어졌다. 때마침 공대가 붐을 이룰 때라 우수한 지원자가 많이 몰려 훈이는 대학 입시에 낙방했고, 재수는 막무가내 싫다고 해서 삼류 대학 공대 토목과에 들어갔다.

훈이가 대학에 다니는 사 년 동안 내내 대학가는 어수선해서 데모, 휴교, 조기 방학의 악순환의 연속이었다. 데모가 있을 때마다 나는 훈이가 그런 데 휩쓸릴까 봐 애를 태우고 미리미리 타이르고 했다.

"행여 그런 데 끼지 마라. 관심도 갖지 마라. 너는 기술자가 될 사람야. 세상이 어떻게 되든 밥벌이 걱정은 안 해도 될 기술자란 말야. 기술자는 명확한 해답을 얻어 낼 수 있는 문제에만 관심을 가지면 되는 거야. 알았지?"

그러고는 혹시 꾐에 빠져서라도 그런 데 끼어들었다간 졸업 후 취직도 못 하고 일생 망치기 십상이라고 공갈을 쳤고, 너는 꼭 대기업에 취직해서 안정된 생활을 누리고 예쁜 색시 얻어 일요일이

면 카메라 메고 동부인해서[*] 야외로 놀러 나갈 만큼은 재미있게 살아야 한다고 설교를 했다. 훈이는 한 번도 말대꾸하는 법이 없었지만 거칠고 대담한, 그리고 경멸하는 듯한 시선으로 나를 쏘아봤다. 그러면 나는 괜히 부끄러워져서 딴전을 보며 지껄여 댔다. 나는 부끄럼을 타면서도 꽤나 줄기차게 그런 말을 훈이에게 했었나 보다. 대학교 졸업반 때 나는 돈의 여유가 좀 생긴 김에 훈이에게 카메라를 하나 사 주고 싶어 의향을 물어봤더니 단호하게 거절하며 하는 말이

"고모, 난 카메라라면 지긋지긋해. 이가 갈려. 생전 그런 거 안 가질 거야."

● **동부인하다** 아내와 함께 동행하다.

그럭저럭 무사히 졸업하고 입대했지만 곧 의가사 제대●를 할 수가 있었다. 이제 취직 문제만 남았는데 이것만은 그렇게 쉽지가 않았다. 대기업은 커녕 착실한 중소기업의 문턱도 낮지는 않았다. 막상 취직 문제에 부딪히고 보니 남의 떡이 커 보이는 식으로 이공계보다는 인문계 출신의 문호가 훨씬 넓어 보이는 게 우선 나로서는 적잖이 속상한 일이었다. 그래도 다행인 건 훈이가 그런 문제에 나를 원망하려는 기색이 조금도 안 보이는 거였다. 말없이 고분고분 취직 시험을 수없이 보고, 보는 족족 떨어졌다. 어떤 곳에선 아예 서류 심사부터 낙방을 시키는 걸 보면 대학교 성적이 시원치 않았

● **의가사 제대** 현역 군인이 가사 사정 때문에 예정보다 일찍 제대하는 것.

던 것 같다.

어머니와 나는 한 번도 훈이가 대통령이나 장군이나 재벌이나 판검사나 그런 게 되기를 바란 적이 없다. 정직하게 벌어먹을 수 있는 기술 가르쳐 대기업에 붙여, 공일날 카메라 메고 야외에 나갈 만큼의 사람 사는 낙을 누릴 수 있기를 바랐을 뿐이다. 그런데 그나마도 쉽게 되어 주지를 않았다. 취직 시험도 하도 여러 번 치르니, 보러 가기도 보러 가라기도 점점 서로 미안하게 되었다. 이 년 가까이를 이렇게 지겹게 보내던 훈이 어느 날 나에게 해외 취업의 길을 뚫을 수 있을 것 같으니 교제비로 돈을 좀 달라는 당돌한 요구를 해 왔다.

"뭐라고, 해외 취업? 그럼 외국에 나가 살겠단 말이지? 그건 안 된다."

"왜요 고모, 쩨쩨하게 돈이 아까워서? 아니면 고모가 영영 할머니를 떠맡게 될까 봐 겁나서?"

훈이는 두 개의 간략한 질문을 거침없이 당당하게 했다. 마치 이 두 가지 이유 외에 딴 이유란 있을 수도 없다는 말투였다. 나는 뭣에 얻어맞은 듯이 아연했다.

글쎄 어떻게 설명할 수 있을 것인가. 그 녀석이 꼭 이 땅에서, 내 눈앞에서 잘 살아 주었으면 하는 내 간절한 소망의 참뜻을, 지랄같이 무책임한 전쟁이 만들어 놓은 고아인 저 녀석을, 온 정성을 다해 남부럽지 않게 키운 게 결코 내 어머니를 떠맡기고자 함이 아니었음을 어떻게 납득시킬 수 있담.

제가 잘되고 잘 사는 것으로, 다만 그것만으로 나는 내가 겪은 더럽고 잔인한 전쟁에 대한 통쾌한

복수를 할 수 있고 그때 받은 깊숙한 상처의 치유를 확인받을 수 있다는 걸 어떻게 저 녀석에게 알릴 수 있을 것인가.

나는 그 녀석을 똑바로 바라보았다. 그 녀석도 나를 똑바로 바라보았다. 시선이 강하게 부딪쳤으나 나는 단절감을 느꼈다. 문득 이 녀석 치다꺼리에 구역질 같은 걸 느꼈으나 가까스로 평정을 가장했다.

"해외 취업은 당분간 보류하렴. 할머니 때문이든 돈 때문이든 그건 네 마음대로 생각해도 좋다. 그리고 취직 문젠데, 너무 고지식하게 정문만 뚫으려고 했던 것 같아. 방법을 좀 바꾸어서 뒷문으로 통하는 길을 알아봐야겠다. 돈이 좀 들더라도……."

"흥, 돈 때문은 아니다 그 말을 하고 싶은 거죠?"

녀석이 나를 노골적으로 미워하며 대들었다. 나는 대꾸도 하지 않았다. 어머니는 곁에서 내가 늘 그막에 이렇게 천덕꾸러기가 될 줄은 몰랐다면서 훌쩍였다.

취직 운동이란 게 막상 부딪쳐 보니 할 노릇이 아니었다. 우리를 위해 발 벗고 나서 애써 줄 유력한 친척이나 친구가 있는 것도 아니니, 그저 좀 잘 산다는 동창을 찾아가 남편을 통해 부탁을 좀 하려면 단박 아니꼽게 나오기가 일쑤였다. 토목과 출신만 아니더라도 어떻게 해 보겠는데 요새 워낙 건설업계가 전반적인 불황이라 어쩌고 하면서 마치 제가 이 나라 건설업계를 손아귀에 쥔 듯이 허풍과 엄살을 겸해서 떠는 사람도 있는가 하면 선뜻 이

력서나 가져와 보라는 곳도 있긴 있었다. 감지덕지 이력서 가져가 봤댔자 별게 아니었다. 이력선 시큰둥하게 밀어 넣고는 기다려 보라니 기다릴 수밖에 없지만 가타부타 무슨 뒷소식이 있어얄 텐데 그저 감감무소식인 데야 다시 어떻게 빌붙어 볼 도리가 없었다.

그러다가 겨우 얻어걸린 게 Y건설의 영동고속도로 현장의 측량 기사보 자리였다. 거기 현장 소장으로 가 있는 친구 남편이 서울 집에 다니러 온 김에 해 온 연락으로 본인만 좋다면 당장 데리고 가겠다는 거였다. Y건설이면 국내 건설업계에서는 다섯 손가락 안에 드는 업체였지만 정식 사원이 아니라 현장 사무소장 재량으로 채용하는 임시 직원으로 오라는 거니 우선은 섭섭할밖에 없었다. 그래도 한 반년만 현장에서 일 배우고 고생하면 본사 정식 사원으로 상신해 주겠다는 단서가 붙긴 붙었다. 마다할 계제*가 아니었다.

현장 소장이 가르쳐 준 준비물은 두둑한 침구, 겨울 내복, 라이너*가 달린 점퍼, 작업복, 바지, 워커 등이었다. 사월도 하순으로 접어들어 서울에선 벚꽃놀이가 한창인데 현장은 해발 육백 미터의 고지대라 아직도 영하의 추위에 눈이 가끔 내린다고 했다. 어머니는 대문간에서 울면서 훈이를 떠나보내고 나는 마장동 시외버스장까지 전송을 나갔다. 생전 처음 집을 떠나 객지 생활로 들어가는 훈이에게 그저 자주 편지하라는 말밖에 할 말이 없었다.

● **계제** 어떤 일을 할 수 있게 된 형편이나 기회.
● **라이너** 코트 안에 대는 천이나 털 따위.

"자주 편지해. 그리고 아무리 고생이 되더라도 육 개월만 참아다고. 그동안에 무슨 수를 써서든지 정식 사원으로 발령 나도록 해 줄 테니까. 발령 난 다음엔 곧 서울로 오도록 운동하면 될 테고. 문제 없어, 다 잘될 거야."

나는 훈이가 별로 내 말을 귀담아듣지 않는 줄 알면서도 희떠운● 장담을 했다. 훈이를 위로하기 위해서라기보다는 내 불안을 달래기 위해서였다.

짐작했던 대로 훈이한테서는 안부 편지 한 장이 없었다. 한 달에 서너 번씩 서울 집에 다니러 오는 현장 소장을 통해 훈이한테 별일이 없다는 소식이라도 듣기에 망정이지 그렇지 않으면 꼭 무슨 사고

● **희떱다** 실속은 없어도 마음이 넓고 손이 크다.

라도 난 것 같아 달려가 보지 않고는 못 배겼을 게다. 어머니는 나만 보면 듣기 싫은 소리를 했다.

이 년이나 놀리고 나서 취직이라고 시켜 준답시고 어떤 삼수갑산으로 귀양을 보냈기에 이렇게 한번 다니러 오지도 못하느냐고 하기도 했고, 집세만 받아먹어도 굶지는 않을 텐데 그게 어떤 귀한 자식이라고 객지로 노동 벌이를 보냈느냐고도 했다. 대학 문턱에도 못 가 본 사람도 아침이면 신사복에 넥타이 매고 출근하던데 헌다헌● 대학 나온 애가 노동 벌이가 웬 말인가, 아무리 에미 애비 없고 출세한 친척이 없기로서니 이런 서럽고 억울할 데가 어디 있냐고 통곡을 하는 때도 있었다. 나는 이런

● **헌다헌** 한다하는. 수준이나 실력 따위가 상당하다고 자처하거나 그렇게 인정받는.

일을 묵묵히 견디었다. 그야 어머니 말대로 훈이가 취직을 안 한대도 뎅그런 집 한 채는 있으니 밥을 굶지는 않겠다. 취직이 단순히 밥벌이만을 의미한다면 훈이는 취직을 안 해도 되겠다. 나는 다만 훈이가 자기가 배운 일을 통해 이 땅과 맺어지고, 이 땅에 정붙이기를 바랐을 뿐이다.

나는 열심히 현장 소장네를 찾아다녔고, 찾아갈 때마다 선물을 잊지 않았다. 어떤 낌새를 눈치 보기 위해서였다. 본사에서 특채가 있는 듯한 낌새만 보이면, 좀 어떻게 상신을 하고 중역하고 교제해 달라고 슬쩍 케이크 상자 속에 수표를 넣어 준다는 '와이로'● 쓰기를 하겠는데 영 그런 낌새는 보이

● **와이로** '뇌물'이라는 뜻의 일본어.

지 않았다.

한여름이 되도록 훈이는 한번 다니러 오는 법도 없고, 엽서 한 장 보내 주지 않았다. 아무리 무소식이 희소식이라지만 이건 너무한다 싶었다. 훈이가 가 있는 곳은 변변히 봄도 안 거치고 곧장 여름으로 접어들었다기에 여름 옷도 우송해 주었고 편지도 부지런히 써 부쳤다. 팔월에는 오빠와 올케의 제사가 며칠 건너로 있어서 이번만은 상경하겠지 싶으면서도 미심쩍어 미리 전보까지 쳤다. 그러나 훈이는 올라오지 않았다. 어머니는 이럴 수는 없다, 아무래도 무슨 일이 있는 거지로 시작해서 여직껏● 꾼 온갖 불길스러운 꿈을 놀라운 기억력으

● **여직껏** '여태껏'의 잘못. 지금까지.

로 주위섬기는 것이었다. 내 여직껏 입에 담기조차 사위스러워* 참고 있었다만 지금 생각하니 진작 일러 줄 걸 그랬나 보다는 게 어머니의 긴 사설의 결론이기도 했다.

어머니 꿈대로라면 훈이가 불도저에 깔려 암매장이라도 당한 걸 친구 남편인 현장 소장이 감쪽같이 숨기고 있는 것 같았다. 한번 그런 생각이 들자 걷잡을 수가 없었다. 편지가 없는 건 무소식이 희소식으로 돌린다 치더라도 산간벽지에서 도대체 공일날을 뭘로 소일하는 것일까. 다방이나 당구장 오락실이 그리워서라도 공일마다는 못 오더라도 한 달에 두어 번쯤은 상경해야 배길 텐데 말이다.

● **사위스럽다** 마음에 불길한 느낌이 들고 꺼림칙하다.

대학 사 년과 놀고 있던 이 년 동안을 순전히 그런 데만 맴돌며 살았으니까. 의심이 나기 시작하니 한이 없었다. 도대체 온갖 도시적인 것과 훈이를 떼어 놓고 생각하는 것조차 무리였다.

계집애처럼 앞뒤에 라인이 든 야한 빛깔의 와이셔츠에 줄무늬 합섬˙ 바지에, 반짝거리는 구두를 신고 대담하고 권태로운 시선으로 아무나 아무거나 마구 얕잡으며 빙빙 다방에서 당구장으로, 탁구장에서 오락실로 날이 저물면 맥주홀이나 대폿집으로 쏘다니다가 밤늦게 흐느적흐느적 들어와서도 뭐가 미진한지 라디오의 음악 프로를 최대한의 볼륨으로 틀어 온 집 안의 정적을 무참히 짓이기던

● **합섬** '합성 섬유'를 줄여 이르는 말

녀석이 산간벽지의 도로 공사 현장에 어떤 모습으로 있을까가 좀처럼 상상이 안 되었다. 떠나기 전 남대문 시장에서 사 준 염색한 미군 작업복과 워커와 녀석을 아무리 내 상상 속에서 결합을 시켜 보려도 되지를 않았다.

드디어 나는 현장에 찾아가 보기로 결심했다. 떠나기로 한 날 아침부터 비가 억수로 퍼부었다. 그렇다고 미루기도 싫어서 어떻든 강릉행 버스를 탔다. 훈이가 가 있는 영동고속도로 현장은 강릉 못미처 진부에서 다시 갈아타야 하는 곳에 있었다. 버스가 서울을 떠나 팔당을 지나 양주 양평 땅으로 접어들면서 포장도로는 끝나고 시뻘건 흙탕길로 변했다. 게다가 길 오른쪽은 바로 한강 줄기요, 왼쪽은 당장 무너져 내릴 듯한 절벽이었다. 여름내

비가 잦았어서 그런지 흙탕물이 굽이치는 한강 줄기가 제법 망망한 대하로 보였고, 버스가 달리는 길은 너무도 좁고 고르지 못했다. 당장 노반이 무너져 내리며 버스가 한강 물로 거꾸로 박힐 것 같아 엉치가 옴찔옴찔했다. 그래도 버스는 줄기찬 빗발 속을 잘도 달렸다.

문득 나는 만약에 여기서 차 사고로 내가 죽더라도 내가 왜 이 버스를 탔던가가 알려졌으면 좋겠다고 생각했다. 내 고모로서의 지극한 정성이 널리 알려져 신문에 보도되고 그걸 Y건설 사장이 읽게 되고 그러면 훈이를 제꺼덕 발령을 내 본사로 끌어올릴지 알 게 뭔가 하는 실로 더럽고 치사한 생각을 했다. 나는 이 더럽고 치사한 공상에 실컷 탐닉했다. 그리고 나서야 내가 죽은 후의 내 아이들을 생각했다. 아마 서너 달쯤 있다가 계모가 생기겠지. 그렇지만 내 아이들은 아무리 생각해도 계모에게 들볶여서 불행해질 아이들이 아니었다. 도리어 계모를 교묘히 들볶고 골탕 먹여 줄 게다. 계모를 지능적으로 불행하게 할 게다. 나는 마치 내가 죽어서 그런 일을 구경하고 있는 것처럼 고소해하기까지 했다. 그러고 보니 나는 내 자식을 조카인 훈이보다 덜 사랑해 키웠는지는 몰라도, 그게 더 잘 키운 건지도 모른다고 생각되었다.

버스가 강원도 지방으로 접어들자 산을 휘감은 비탈길이 많아 헉헉 숨이 차 했지만 그곳은 맑은 날씨여서 훨씬 덜 불안했다. 진부에 닿은 것은 서울을 떠난 지 여섯 시간 만이었다. 거기서 유천리까지 갈 버스를 기다릴 동안 요기를 하기 위해 국밥집엘 들렀다.

　국밥집은 Y건설의 마크가 붙은 초록색 모자를 쓴 남자들로 붐볐다. 현장이 가까우리라는 예감으로 우선 반가웠고 뭔가 가슴이 두근대기도 했다. 그러나 몇 사람을 붙들고 물어도 김훈이란 측량 기사를 안다는 사람이 없었다. 다만 현장 사무소가 있는 유천리까지는 굳이 버스를 기다릴 거 없이 택시를 타도 오백 원이면 간다는 걸 알 수 있었을 뿐이었다.

　진부라는 면 소재지는 거리의 끝에서 끝이 한눈에 들어오는 조그만 고장인데 다방도 서너 군데 되고 중국집 불고깃집 등 음식점엔 Y건설의 초록 모자, S토건의 빨강 모자 천지였다. 주위의 고속도로 공사로 활기를 띠고 호경기를 누리고 있는 고장이란 걸 한눈에 알 수 있었다.

운전사가 내려놓아 준 Y건설 현장 사무소는 엉성한 가건물이었지만 여러 동이 연이어 있어 규모가 컸고, 넓은 광장에는 지프차, 트럭, 덤프트럭, 불도저 같은 차들이 멎어 있고 파란 모자를 쓴 사람들이 웅성거려 활기에 차 보였다. 다행히 김훈이를 알고 있는 사람을 단박에 만날 수 있었다. 몇십 리 밖 현장에 나가 있지만 곧 돌아올 시간이니 기다려 보라고 했다. 저녁때라 트럭이 현장으로부터 파란 모자에 작업복을 입은 사람들을 가득 실어다간 너른 마당에 쏟아 놓았다. 먼지를 뽀얗게 쓴 사람들이 앞개울에서 세수 먼저 하곤 곧장 식당이라 쓴 곳으로 들어갔다.

저만치 한여름의 옥수수밭이 짙푸르고, 마을의

집들은 온통 약속이나 한 듯이 주황 아니면 빨간 지붕을 이고 있었다. 나는 이런 독한 원색의 대결에 피로감과 혐오감을 함께 느꼈다. 그러나 첩첩한 산들은 전나무가 무성하고 저 멀리 오대산의 산봉우리들은 웅장했고, 곳곳에 맑은 시냇물이 흐르고 있어 그 소리가 귀에 상쾌했다.

이제나저제나 훈이를 실은 차가 들어오기만을 기다리는데 전연 훈이 같지 않은 젊은이가 나에게 "고모." 하면서 다가왔다. 훈이는 그동안 몰라보게 살이 빠진 데다가 머리와 눈썹이 뽀얗게 보일 만큼 흙먼지를 뒤집어쓰고 있어 못 알아봤던 것이다. 나는 훈이를 확인하자 반가움과 노여움이 뒤죽박죽된 격정으로 목이 메었다.

"망할 녀석, 이렇게 잘 있으면서 어쩌면 엽서 한

장이 없니?"

훈이는 아무런 대꾸도 안 하고 앞장서서 개울로 갔다. 세수를 하곤 꽁무니에서 꾀죄죄한 타월을 떼다가 얼굴을 북북 문질렀다. 타월에서 너무 역한 쉰내가 나서 나는 얼굴을 찡그렸다. 훈이가 뜻 모를 웃음을 희미하게 웃었다. 이제야 제 살갗을 드러낸 얼굴은 옹기그릇처럼 암갈색의 광택이 났고, 드러난 이빨만이 징그럽도록 선명하게 희었다.

"어디로 좀 가자꾸나."

"주임한테 얘기하고 ―."

"아직도 퇴근 시간 안 됐니? 일곱 시가 넘었는데."

"밤일이 있어."

"뭐 밤에도 측량을 다녀?"

"밤일은 측량이 아니라 제도(製圖)*야."

그러고는 터벅터벅 사무실로 들어갔다. 한참 만에 나오더니 말없이 앞장을 섰다.

"저녁을 어디서 먹는다지? 네 하숙집에 가서 닭이나 한 마리 잡아 달래 먹으면 안 될까?"

"진부까지 나가서 먹지 뭐."

"진부에 특별히 음식 잘하는 집이라도 있니?"

"아뇨, 그냥 진부까지 나가 보고파서."

할 수 없이 다시 진부로 나왔다. 손바닥만 한 진부의 야경에 훈이가 사뭇 휘황해하고 흥분까지 하고 있다는 걸 알 수 있었다.

"너는 이까짓 데도 자주 나와 보지 못한 게로구

● **제도** 건축물, 기계 따위의 도안을 그리는 일.

나. 낮에 보니 너희 회사 사람들이 널렸더라만."

"그런 사람들은 기술직이 아냐. 관리직이나 그 밖에도 빈들댈 수 있는 직종이야 수두룩하니까."

"그까짓 공사판에도 ─."

"네, 그까짓 공사판에도요."

녀석이 갑자기 씹어뱉듯이 말했다. 그러곤 말없이 불고깃집으로 들어갔다. 한증막처럼 후텁지근한 속 여기저기서 지글대는 고기 냄새에 나는 구역질을 느꼈다. 그러나 훈이는 땀을 뻘뻘 흘리면서 무섭게 먹어 댔다. 식성이 까다롭고 소식이던 훈이로만 알고 있던 나는 무참한 느낌으로 이런 왕성한 식욕을 지켜봤다.

"하숙집 식사가 안 좋은가 보지."

"하숙집에선 잠만 자고 식사는 회사 식당에서

하는걸.”

“그래, 그럼 식사는 거저겠네?”

“거저가 뭐야, 봉급에서 꼬박꼬박 제해.”

“봉급은 얼마나 받는데?”

실상은 가장 궁금했던 걸 이제서야 자연스럽게 물었다.

“거진 한 삼만 원 되지만 식비 빼고 하숙비 주고 나면 몇천 원 떨어질까 말까야. 가끔 소주 파티에 빠질 수도 없고, 그 재미도 없인 정말 못 참아 내겠는걸 뭐. 집에다 돈 부쳐 달란 소리 안 하는 것만도 내 딴엔 큰 안간힘이라구.”

“그래, 회사 식당 식사가 먹을 만하니.”

“기똥차지, 기똥차. 그거 얻어먹고 폴대 메고 하루 몇십 리씩 산골을 누비는 나도 기똥차구.”

말 안 해도 그 지칠 줄 모르는 식욕과 게걸스러운 먹음새만 봐도 알 만했다.

"하여튼 짜식들 사람 부리는 솜씨 또한 기똥차게 악랄하다구. 아침 일곱 시서부터 폴대● 메고 헤맬 데 안 헤맬 데 다 헤매다 기진맥진 돌아온 놈에게 그 지독한 저녁을 멕이곤 또 밤일을 시켜 가면서도 주임에, 과장에, 소장이 번갈아 가며 연방 공갈을 친다구. 뭐 우리 공구의 공사 진척이 제일 늦는다나. 하루 공사가 늦으면 어느 만큼 회사에 손해를 끼친다는 기맥힌 계산을 그분들한테 들으면 봉급이 적다든가 식사가 형편없다든가 하는 불평은커녕 회사에 큰 손해를 끼치고 있는 죄인이란 생

● **폴대** 거리나 방향을 헤아리는 데 쓰는 측량 기구의 하나.

각이 먼저 들어 기를 못 펴게 되니 더러워서 ―."

엄청난 양의 불고기를 먹어 치운 훈이는 커피도 먹고 싶다고 다방엘 가자고 했다. 다방에는 Y건설 패거리가 텔레비전을 둘러싼 앞자리에 앉아서 마담에 레지*까지 불러다가 잡담을 하고 있었다. 훈이도 그중 몇과는 인사를 나누었으나 가서 끼지는 않았다. 잔뜩 찡그리고 커피를 훌쩍 들이켜더니 오나가나 저치들 꼴 보기 싫어 기분 잡친다고 빨리 가자고 했다.

훈이의 하숙방은 협소하고 더러웠다. 벗어만 놓고 빨지 않은 옷가지들이 여기저기 걸레 뭉치처럼 쌓여 가지곤 시척지근하고도 고릿한 야릇한 악취

● **레지** 다방 따위에서 손님을 접대하며 차를 나르는 종업원.

를 풍겼다. 그러나 워커를 벗어 던진 훈이의 발에서 풍기는 악취에다 대면 아무것도 아니었다. 사람이 빨래 안 하고 청소 안 하면 돼지만도 못한 것 같았다.

"좀 씻고 자렴."

그러나 씻기는커녕 옷도 안 벗은 채 아무렇게나 쓰러지더니 코를 골기 시작했다. 나는 나 누울 곳을 마련하기 위해서도 방을 대강 치워야 했다. 썩은 내 나는 옷가지 사이엔 소주병, 고등어 통조림 먹다 남은 것, 깡 종류의 과자 부스러기 등이 숨어 있어 악취를 더해 주고 있었다. 활자로 된 거라곤 흔한 주간지 하나 없는 황폐한 방구석이 이 녀석의 황폐한 내부를 들여다보는 것 같아 내 마음은 암담했다.

더위와 악취와 이 생각 저 생각으로 한잠도 못 잔 나는 주인 여자가 일어난 기척을 듣고 따라 일어나 그동안 신세가 많았다고 치하도 하고 자기소개도 했다. 주인 여자는 시골 여자답지 않게 냉담하고 도도하게 "신세 진 거 하나도 없습니다." 했다. 같은 말이라도 아 다르고 어 다르다고 이건 겸사*의 말이 아닌, 돈 받고 하숙 치는 관계일 뿐 신세를 주고받는 관계가 아님을 강조하는 말투였다.

나는 더욱 훈이가 안쓰러워지면서 자꾸 마음이 약해지고 있었다. 우선 산더미 같은 빨래를 개울로 날랐다. 비누가 없어 한길가 잡화상엘 갔더니 생소한 메이커 제품인 생선 비린내가 역한 비누가 한

● **겸사** 겸손의 말.

장에 백 원씩이나 했다. 비누를 사 가지고 와서도 나는 선뜻 빨랫거리를 물에 담그지를 못 했다.

훈이가 나를 따라 서울로 가겠다고 할 것은 뻔하고 그렇게 되면 젖은 빨래는 곤란할 것 같아서였다. 실상 나는 그렇게 되길 바라고 있었다. 이대로 나만 떠날 수는 도저히 없었다.

어느 틈에 칫솔을 문 훈이가 내 곁에 와 서 있었다.

"고모 왜 그러고 있어. 빨래가 너무 많아 질린 게지. 대강 땟국이나 빼."

"얘야, 이놈의 고장 참 고약하더라. 글쎄 이 거지 같은 빨랫비누가 백 원이란다."

"고모도, 소줏값이 얼만 줄 알면 더 놀랄걸."

"녀석도 제가 언제 적 모주꾼*이라고. 근데 산골 인심이 어째 이 모양이냐."

"관광 붐 때문일 거야. 바로 여기가 오대산 월정사 입구거든. 우리가 뚫는 영동고속도로 인터체인지도 이곳에 생길 테고, 돈맛들이 들을 대로 들어서 서울 놈 돈 긁어먹으려고 눈에 핏발이 섰다니까. 글쎄 이 옥수수 고장에서 여직껏 옥수수 한 자루를 못 얻어먹어 봤다면 말 다 했지 뭐. 돈 주고 사 먹으려면야 먹어 봤겠지만 나도 오기가 있다구, 안 사 먹어. 고모, 나 오늘 농땡이 부리고 말 테니까, 월정사 구경시켜 줄래. 주임은 고모 온 거 아니까 한번 사바사바해 볼게."

그러곤 꽁무니에 찼던 타월까지 내 빨랫거리에 휙 던져 보태고는 부리나케 현장 사무소 쪽으로 갔

● **모주꾼** 술을 늘 대중없이 많이 마시는 사람을 놀림조로 이르는 말.

다. 이내 옥수수밭에 가려서 모습이 안 보였다. 참 옥수수도 많은 고장이었다. 그러나 훈이가 그거 하나 여직껏 못 얻어먹었다고 생각하니 부아가 부글부글 치솟는 걸 느꼈다.

나는 개울물을 돌로 막고 빨래를 담갔다. 빨래를 하면서 보니 내복과 이불 홑청에는 이까지 들끓고 있었다. 세상에 요즈음은 아무리 구더기 밑살● 같이 사는 집구석이기로서니 이는 없이 살건만 이게 웬일일까. 나는 형편없는 식사와 중노동을 악으로 버틴 훈이를 뜯어 먹은 이를 지겹게 눌러 죽이다 못해 한동안 멍하니 앉아 있었다.

"농땡이 잘 안 되겠는데, 고모."

● **밑살** 항문을 이루는 창자의 끝부분.

풀이 죽어 돌아온 훈이의 말이었다.

"그까짓 농땡이 칠 거 없다. 같이 가자 서울로. 몸이나 성할 때 일찌거니 집어치는 게 낫겠다."

"그건 싫어."

"왜 싫어?"

훈이의 싫다는 대답을 나는 전연 예기치 못했으므로 당황할밖에 없었다.

"나는 더 비참해지고 싶어. 그래서 고모나 할머니가 철석같이 믿고 있는 기술이니 정직이니 근면이니 하는 것이 결국엔 어떤 보상이 되어 돌아오나를 똑똑히 확인하고 싶어. 그리고 그걸 고모나 할머니에게 보여 주고 싶어."

"그걸 우리에게 보여서 어쩌겠다는 거야? 그걸로 우리에게 복수라도 하겠다 이 말이냐?"

나는 훈이 말에 무서움증 같은 걸 느꼈기 때문에 흥분해서 악을 쓰며 덤벼들었다.

"고모, 그렇게 흥분하지 말아. 나는 다만 고모가 꾸미고, 고모가 애써 된 이 일의 파국을 통해서 고모와 할머니로부터, 그리고 이 나라로부터 순조롭게 놓여날 수 있기를 바라고 있을 뿐이야. 그렇지만 고모, 오해는 마. 내가 파국을 재촉하고 있다고 생각하지는 마. 나는 내 나름으로 이곳에서의 일에 최선을 다하고 있어. 그러노라면 누가 알아, 일이 고모의 당초 계획대로 잘 풀릴지. 나도 어느 만큼은 그쪽도 원하고 있어. 파국만을 원하고 있는 게 아냐."

"그래 참, 잘될 수도 있을 거야. 잘될 여지는 아직도 충분히 있고말고."

나는 별안간 잘될 가능성에 강한 집착을 느끼며 태도를 표변했다.*

"그렇지만 고모, 잘되게 하려고 너무 급하게 굴진 마. 와이로 쓰고 빌붙고 하느라 돈 없애고 자존심 상하고 하지 말란 말야. 여기 와 보니 육 개월만 기다리라는 임시직 신세로 삼사 년을 현장으로만 굴러다니는 친구가 수두룩해. 임시직에겐 봉급 조금 주고, 일요일도 없이 부려 먹고, 책임은 없고, 얼마나 좋아, 회사 측으로선 훌륭한 경영 합리화지."

훈이는 버스 정류장까지 나를 배웅했다. 진부까지 나가는 완행버스는 좀처럼 오지 않았다. 그동안 나는 뭔가 훈이에게 이야기해야 될 것 같은 심

● **표변하다** 마음, 행동 따위를 갑작스럽게 바꾸다.

한 압박감을 느꼈다. 나는 내가 여기까지 오는 동안 길이 나빠 얼마나 고생을 하고 시간을 많이 잡아먹었나를 과장해서 들려주면서 고속도로가 뚫리면 서울서 강릉까지가 얼마나 가까워지고 편안해지겠느냐, 너는 이런 국토 건설 사업에 이바지하고 있는 걸 자랑으로 삼아야 한다고 이야기했다.

녀석이 구역질 같은 소리로 "웃기네." 했다. 때마침 바캉스 시즌이라 자가용이 연이어 강릉으로, 월정사로 달리면서 우리에게 흙먼지를 뒤집어씌웠다. 훈이도 한몫 참여한 영동고속도로가 개통되면 더 많은 자가용과 관광버스가 그 위에서 쾌속을 즐기겠지. 훈이도 그 생각을 하면서 "웃기네." 했을 생각을 하고 나는 내가 한 말에 심한 부끄러움을 느꼈다.

드디어 버스가 오고 나는 그것을 혼자서 탔다. 나는 훈이에게 몇 번이나 돌아가라고 손짓했으나 훈이는 시골 버스가 떠나기까지의 그 지루한 동안을 워커에 뿌리라도 내린 듯이 꼼짝 않고 서 있었다. 나는 그게 보기 싫어 먼 딴 데를 바라보았다. 논의 벼는 비단폭처럼 선연하게 푸르고, 옥수수밭은 비로드처럼 부드럽게 푸르고, 먼 오대산의 연봉의 기상은 웅장하고, 오대산에서 흘러내린 맑은 물이 도처에서 내와 개울을 이루고 있다. 아름다운 고장이다. 이 땅 어드메고 아름답지 않은 곳이 있으랴.

그러나 아직도 얼마나 뿌리내리기 힘든 고장인가.

훈이가 젖먹이일 적, 그때 그 지랄 같은 전쟁이 지나가면서 이 나라 온 땅이 불모화해 사람들의 삶이 뿌리를 송두리째 뽑아 던져지는 걸 본 나이기에, 지레 겁을 먹고 훈이를 이 땅에 뿌리내리기 쉬운 가장 무난한 품종으로 키우는 데까지 신경을 써 가며 키웠다. 그런데 그게 빗나가고 만 것을 나는 자인했다. 뭐가 잘못된 것일까. 나는 가슴이 답답해서 절로 한숨을 쉬었다. 그러나 후회는 아니었다. 훈이를 키우는 일을 지금부터 다시 시작할 수 있다면 이러이러하게 키우리라는 새로운 방도를 전연 알고 있지 못하니, 후회라기보다는 혼란이었다.